KB145576

인생은 산책이다

장용순 시집

시음사
시사랑음악사랑

삶의 순수한 서정을 담아내는 장용순 시인

문학 장르 중, 시문학은 언어의 운용과 행간을 조절해 창작하는 것이 시인의 특권인 동시에 작품의 깊이를 가늠하는 척도가 된다. 사물을 바라보고 담아내는 詩想(시상)이 시인의 작품 속에 고스란히 녹아 있음을 독자가 느낄 때, 그 시는 공감이라는 산소로 독자의 가슴에서 함께 호흡할 것이다. 장용순 시인의 시는 감정에 여과된 서정적 흐름이 인간의 원초적 순수성으로 투영하고 있다.

장용순 시인의 첫 시집『인생은 산책이다.』는 우리네 삶의 진솔한 이야기를 듣는 것 같이 정감이 가는 詩(시)로 창작되어 누구에게나 부담 없이 다가선다. 장용순 시인의 시는 우리의 삶 자체이며 자연 그 자체이다. 언어로 기교나 과하게 부자연스러운 꾸밈이 없이 창작하여 시가 깔끔하고 순수하다. 장용순 시인의 詩(시)는 누구에게나 편안하게 안착한다. 장용순 시인의 시 속에는 시인의 여린 마음결이 소년 같은 감성을 일깨우는 장용순 시인 만의 시문학 감성지수가 시속에 스며든 것이 장용순 시인의 매력이다. 장용순 시인의 詩는 감각(感覺)이기보다는 감정(感情)이 녹여져 있다. 감각은 피부에 와 닿는 모든 사물을 몸으로 느끼는 것이지만, 감정은 마음속에 스며드는 현실과 꿈을 마음으로 느끼기 때문이다. 감각은 사유(思由)를 통한 온갖 기교(技巧)를 동원하여 표현하려 함에 있어 시가 길어지고 난해(難解)하여 사람들이 시를 읽기를 주저한다. 그러하기에 이번 장용순 시인의 첫 시집『인생은 산책이다.』는 시인의 감각이 아닌 감정을 오롯이 녹여 독자에게 다가감으로써 독자의 가슴에 울림을 선사할 것이라 믿어 의심치 않는다.

장용순 시인은 등단한 지 십여 년 만에 애지중지 가꾸고 기른 작품들이 모여 첫 시집『인생은 산책이다.』시집을 발간하여 독자에게 첫선을 뵌다. 삶의 순수한 서정을 담아내는 장용순 시인의 첫 시집『인생은 산책이다.』시집 上梓(상재)를 기쁜 마음으로 축하하며 장용순 시인을 추천하여 함께 활동하며 그동안 지켜보아온, 문학인의 한 사람으로서 삶의 향기가 오롯이 밴, 장용순 시인의 첫 시집『인생은 산책이다.』시집을 여러 독자님께 적극적으로 추천해 드리며 많은 사랑을 기대해본다.

(사) 창작문학예술인협의회 부이사장 주응규

시인의 말

문학을 좋아하던 소년이 어느덧 중년의 나이를 넘겼습니다.

수도여고 축제에서 시를 읽어주던 여학생을 좋아하다가 시를 좋아하게 되고 친구들과 시를 읽고 시를 쓰며 행복한 시간을 보냈기에 고향을 찾아간 것처럼 문학의 길이 좋았습니다.

재미있는 행사와 문학 기행을 통해 문인의 길을 계속 이어올 수 있었습니다.

내가 쓴 글이 활자가 되어 세상에 나온다는 것이 무척 두렵게 생각되지만 더는 미룰 수 없어 출간을 결심하게 되었습니다.

미숙한 모습도 보이고 부끄러운 글들도 있지만, 그것도 나의 일부라 여기고 독자의 판단에 맡겨야 한다고 생각했습니다.

여태껏 돈 되지 않는 일을 한다고 욕하지 않고 지켜봐준 아내와 믿음이 가지 않는 아빠를 이해해 준 두 딸과 문학의 길을 가고 싶어 하셨던 아버지와 나에게 힘을 실어준 친구들과 함께 문학의 길을 가는 문인들과 함께 기뻐해 줄 형제자매와 지인들에게 감사의 마음을 전합니다.

특히 책이 나오기까지 직접적인 도움을 주신 선배 시인님과 선별해 주신 고희정님에게 고마운 마음을 전합니다.

도봉산자락에서 **장용순**

QR코드   스마트폰으로 QR 코드를 스캔하면
시낭송을 감상할 수 있습니다

본문
시낭송
감상하기

제목 : 사랑이 아프다
시낭송 : 최명자

제목 : 나는 너의 꽃이 되고자 한다
시낭송 : 김기월

제목 : 앵무새를 보내고
시낭송 : 김지원

제목 : 지는 꽃이 아름다운 이유
시낭송 : 조한직

시인은 자연을 이야기하고 시낭송가는 자연을 품었다
글자는 날개를 달아 언어로 날고 소리는 자연에 눕는다

* 목차

1부. 사랑 이야기

2부. 자연 이야기

* 목차

3부. 추억 이야기

4부. 인생 이야기

* 목차

5부. 짧은 시 모음

1부. 사랑 이야기

눈이
내리는 것인가

아니다
하늘로 올라가는 것이다

사랑의 창조

해를 얼려 달을 만들고
달을 부수어 별을 만들고
별빛을 모아 그대를 만듭니다

가장 밝은 별은 두 눈을 만들어
그 빛으로 나를 바라보게 합니다

당신의 눈물이 흐를 때
흩어져 비가 내리고
당신의 미소가 빛날 때
세상은 밝게 빛납니다

당신의 부드러운 숨결에
코스모스는 춤을 추고
당신의 따스한 손길에
찬란한 오색 무지개가 뜹니다

그대가 나에게 온 것은
온 우주가 내게로 온 것이라
마음을 다해 그대를 사랑합니다.

1부. 사랑 이야기

사랑은 주는 것

시간이 지날수록
사랑했던 사람보다
나를 사랑하던 사람이
그리워집니다

나를 사랑했던 사람은
행복하게 살 것입니다
내가 사랑했던 사람보다
풍요로운 인생이 될 것입니다

나를 사랑했던 사람은
사랑의 상처를 툭툭 털어버리고
또 다른 사랑을 찾아 떠나갑니다

사랑을 받기만 하던 나는
떠나버린 사랑을 그리워하며
바람 부는 텅 빈 거리에서
사랑을 기다리고 있습니다.

영원한 사랑

사랑을 아는 그대는
사랑이 떠나는 걸 두려워하지 않는다

그대의 사랑은 또 올 테니
사랑이 떠났다고 슬퍼하지 말라

그대가 사랑하는 동안
사랑은 늘 그대 곁에
머물러 있었나니

떠난 사랑을 원망할 것이 아니라
사랑을 못 하는 자신을 원망하라

그대가 사랑을 포기하지 않는 한
사랑은 영원하리라.

아내가 아프다

속이 메스껍고 어지럽다며
아내는 자리 깔고 누웠다

매일 팔팔하게 떠들던
잔소리도 못 하고
잘 절인 배추처럼 축 늘어졌다

속으로는 겁이 났지만
하루 푹 쉬면 좋아질 거라며
별일 아닌 듯 집을 나섰다

내가 허리 아플 때도
저 사람이 이런 마음이었을까

사랑이라고는 눈곱만큼도 없는 것처럼
소 보듯 닭 보듯 하다가도
아프다는 소리에 심장이 쿵쿵한다

어렵사리 산 홍삼 진액을 들고
아내가 건강하게 일어서
저녁을 차릴 거라는 희망으로
바삐 집으로 발길을 돌린다.

노년의 사랑

사랑은
변하지 않는 것이라고
누가 말했을까

푸른 사과는
빨갛게 익고

푸르던 은행잎이
노랗게 변하는 것을

바람이
유혹해서도

빗물에
녹이 슨 것도
아니리

단지 사랑이
익었을 뿐

어찌 청춘이
노년의 사랑을 알리오.

1부. 사랑 이야기

사랑이 아프다

꽃이 잘 꾸며진
길을 걷는다

말라버린 꽃잎을 걷고
얼마 피지 못할
꽃을 심고
흙을 덮는다

사랑 없이
사는 삶이 아프다

이별이 두려워
다시 덮는 흙에는
눈물이 배어 있다

수없이 많은 날을
함께하고도
아직도 외로운 것은

사랑이
아프기 때문이다.

제목 : 사랑이 아프다
시낭송 : 최명자
스마트폰으로 QR 코드를 스캔하면
시낭송을 감상할 수 있습니다

사랑은 돌아오리라

내가 베푼 사랑이
돌아오지 않는다고 한탄하시나요
한강 물처럼 흘러가 버려
쓸데없는 일이라 여기시나요

사랑은 생명입니다
살아가는 데 필요한 에너지입니다
당신이 베푼 사랑이
꼭 같은 방식으로 오진 않습니다
당신이 사랑한 사람이
반드시 당신을 사랑하지 않습니다

기억하세요
당신이 사랑한 것이 맞는다면
사랑은 반드시 돌아옵니다
내가 세상에 존재하지 않아도
당신이 세상에 없는 후에라도.

동그라미가 그리는 교집합

내 마음에
동그라미 그린다

때로는 작게 때로는 커다랗게
삐뚤어질 때도 있고
풍선처럼 부풀 때도 있고

당신이 그리는 동그라미에
얼마나 가까울 수 있을지
물 위에 던져진 내 마음이 그리는
수많은 동그라미를
당신도 그려낼 수 있을지

몸이 하나가 되는 것보다
마음이 하나가 되는 것이 힘들다는 것을
살아본 사람들은 알고 있지

당신이 만드는 동그라미에
교집합을 이루는 부분이
우리가 살아가는 이유이며
인연을 이어가는 끈

엉켜진 기억은 잊어버리고
좋은 것만 생각하며 사는 삶
즐거운 동행이어라.

사랑은 보이지 않는다

사랑은 보이지 않는다
우리가 보는 것은
태어난다는 것 살아가는 것
죽는다는 것

보이지 않는다고
없는 것은 아니다
우리가 아는 것은
모두 존재하는 것이다
단지 우리가 알지 못하는 것이다

시각장애인은 볼 수 없듯이
청각장애인은 들을 수 없듯이
개는 알 수 있는 냄새를
우리는 모르듯이

사랑도 느낌도
존재하는 실체다
단지 우리는
사랑이 왔다 가는 것을
모르는 것이다.

입춘에 타는 첫차

어느 때보다 일찍 일어나
봄을 맞이하는 아침
새벽 공기의 차가움에
차도 부르르 몸을 떤다
정류장 앞에는
첫차를 타려는 많은 사람
일을 찾아 떠나는 아내의 손에
천 원을 건넨다

"잘 다녀와"

버스는 새벽이라 빨리도 간다.

1부. 사랑 이야기

어머니를 닮은 그녀

길 가다 만난 인연이라도
이십 년을 이어왔네

사랑이 넘치는 사람은
누구를 만나도 사랑하리니

사랑이 없는 세상이라고
한탄하지 말아야 한다

어머니의 마음으로 아껴주면
세상 누구도 감동하나니

사랑할 사람이 없는 것도 아니고
사랑받지 못할 사람도 없구나

인자한 모습의 아주머니는
돌아가신 어머님을 닮았네

자식처럼 대하는 모습에
어머니의 따뜻한 마음 느끼네.

어려운 일

시를 쓰는 것은
쉬운 일이다
하지만 감동을 주는 것은
어려운 일이다

그림을 그리는 일은
누구나 할 수 있다
그러나 비싼 값을 받기는
힘든 일이다

노래를 부르는 것은
아무나 부를 수 있다
그래도 기립 박수를 받기는
쉽지 않은 일이다

내가 그대를 사랑하는 것은
쉬운 일이다
그대의 사랑을 받는 일
그것이 정말 어려운 일이다.

1부. 사랑 이야기

나는 너의 꽃이 되고자 한다

봄 햇살 가득한 날에는
개나리처럼 노란빛으로
나는 너의 꽃이 되고자 한다

한낮의 뜨거운 햇볕이
내리쬐는 여름날에는
낮게 펴서 활짝 피는
하루살이꽃이 되고자 한다

어릴 적 보았던 파란 하늘
바람 따라 흔들리는 갈대밭에
시나브로 노을이 물들어 가고

첫사랑처럼 곱게 내리다 사라지는
첫눈이 오는 날
나는 너의 눈꽃이 되고자 한다.

제목 : 나는 너의 꽃이 되고자 한다
시낭송 : 김기월
스마트폰으로 QR 코드를 스캔하면
시낭송을 감상할 수 있습니다

목마른 사랑

흐린 하늘
잠시 비가 내렸네

그대와의 사랑도
그러했으리

한낮의
뜨거움도 없고

폭풍우 몰아치는
격정도 없는

흐린 날의
마른장마처럼

갈증만 더해가는
목마른 사랑.

25

의자를 내어주는 당신

힘들어할 누군가에게
의자를 내어주는
당신이 있어서 행복합니다

인생이 무거워질 때
편히 쉴 수 있게 하고
마음이 지쳐 힘들 때
가만히 앉아 있기만 해도
힘이 됩니다

어떤 위로의 말보다도
따뜻한 눈길로 지켜봐 주고
지친 누군가에게
말없이 의자를 내어주는
당신은 내 사랑입니다.

따듯한 손이 되어

그대의
차가운 손을 잡고
내 손이 따뜻한 걸 알았습니다

따듯한 손길 주지 못하고
지금껏 살았다는 것

그대의 손이
따뜻해지는 것을 느끼며
내 삶도 뜨거워집니다

인간은 외롭기에
함께 손을 잡아야만
서로 사랑하는 것

삶이 외로워지면
그대의 차가운 손을 생각합니다

누군가 차가운 내 손을 잡아 줄 것을
믿으며 살아갑니다.

1부. 사랑 이야기

마음이 그리는 그림

마음이 가는 곳에도 길이 있다
산길도 가고 강도 건넌다

길 끝에는 파도가 넘실대는
바다가 있다
배를 타고 떠나는 항해
나침반이 가리키는 곳에
네가 있다

갈매기 날고 구름이 머무는 곳
한적한 섬에 네가 살고 있다

마음이 그리는 곳에는
언제나 네가 있다

마음이 부르는 노래엔
언제나 네가 있다

시는 마음이 그리는 그림
오늘도 나는 너를 그린다.

그대가 그리워

조용히 내리는 달빛
잔잔한 음악이 됩니다
시나브로 밝아지는 별빛
운명처럼 다가온 그대

창가에 기대어 바라보는 유성은
떠나간 임을 닮았습니다
아스라이 먼 추억 속으로
안개 같은 길을 걸어간 당신

권태로운 일상에 지칠 때면
그 이름 불러봅니다
꽃잎에 머물다 바람처럼
향기만 남기고 간 그대.

1부. 사랑 이야기

눈 내리는 날

눈이
내리는 것인가

아니다
하늘로 올라가는 것이다

내 마음이
내리는 눈을 밟고
올라가는 것이다

올라가도
올라가도
너는 멀구나

사랑은
멀기만 하구나.

2부. 자연 이야기

바람이 불면
저 강물 위에

새들처럼
일제히 비상하는

수만의
하얀 물결들

그렇게
아름다운 꿈도
보여주는 것이다.

바람이 시를 쓴다면

바람이 시를 쓴다면
자유를 노래할 거예요
높은 산을 넘을 때는
숲속의 작은 나뭇잎들의 흔들림이
보드랍고 시원하게
당신의 마음을 흔들 거예요

바람이 시를 쓴다면
멋진 이상을 보여줄 거예요
넓은 바다를 지날 때
높이 날으는 갈매기의 노래와
밤하늘에 떠 있는 별들의 빛을 모아서
아름다운 미래를 보여줄 거예요

바람이 시를 쓴다면
평등한 세상을 만들 거예요
적도의 뜨거운 기운을 모아
에너지가 가득한 태풍을 만들고
가뭄과 더위에 시달리는 우리에게
시원한 비를 내릴 거예요.

눈보라 속에서

눈이 소담스럽게 내리는 날
약속이 없다는 것은 슬픈 일이다

전화벨이 울려 받아보면
일거리만 하나씩 더 늘어날 뿐

올해 겨울은 유난히 길고 추운데
많이 쌓이진 않을 것이란 일기예보에
아쉬움과 안도감이 교차한다

끝 무렵은
언제나 아쉬운 것일까

일월의 마지막 날도
일을 마친 저녁에도
어쩌면 마지막일지도 모른다는
생각이 드는 눈보라 속에도.

2부. 자연 이야기

대추 털기

대추 따러 가자는 아버님 외침에
낮잠 자던 대추나무 깜짝 놀란다
가까워지는 발걸음 소리에
정신을 바짝 차리며 일어선다
가시밭에 떨어지면 줍기 힘들어
넓은 망을 바닥에 깔고
대추나무에 올라서 흔드니
대추가 소나기처럼 떨어진다
춤추는 대추나무 사이에
아직 덜 여문 대추가 꼭 매달려 있다
태풍에도 견뎌냈던 대추들이
한 사람의 흔들림에 떨고 있다
이제 됐다며 바구니를 가져오라는
아버님의 목소리를 듣고
나뭇가지에 숨어 있던 작은 대추는
안도의 한숨을 내쉰다.

행복한 아침

아침 해가
창문을 두드려

커튼을 열어
맞이하는 아침 햇살

기쁨이
방을 가득 채웠다

간밤에 내리던
비가 그치고

우울의 구름을
걷어낸 하늘

새소리와 시작하는
행복한 아침.

무지개 마음

무지개는
거친 비바람이
그친 후에 뜬다

인생에
폭풍우가 치면
아름다운 무지개를 생각하라

밝게 빛나는 태양과
반짝이는 별이
구름 너머에 있으니

지금 젖은 몸을
걱정하지 말라

비가 오면 젖는 것은
몸이 아니라 당신의 마음

마음에 무지개가 뜨면
젖은 몸이 무슨 문제인가?

소나기

소나기가 쏟아지면
메마른 땅에 뽀얀 먼지가 인다

뜨거운 햇볕 아래서
허덕이던 나뭇잎들도
길가 돌 틈에서 말라가던 풀들도
일찍 꽃잎을 닫은 하루살이꽃도
모든 살아있는 것들은
메마른 땅에 쏟아지는
소나기가 반갑다

뜨거운 바람이 지나간 가슴에도
먹구름 가득한 삶의 골짜기에도
번쩍이는 우레와 함께
시원하게 쏟아지는 소나기
어머니가 만들어 주시던
부침개 소리처럼
따듯한 그리움을 담고 내린다.

2부. 자연 이야기

아름다운 세상

오랜 가뭄 끝에
비 오는 날은
채송화가 기다려지는 날

메마른 땅에 뿌리를 내려
잡초처럼 자라는 생명을 가지고도
예쁜 꽃이 피는 모습이
보는 사람들에게 감동을 줍니다

뜨거운 유월의 햇살 아래서
한 송이 꽃이 피기 시작하면
비상 연락하는 것처럼
다투어 아름다운 꽃이 피겠지요

꽃이 오래 가지 못해
하루살이꽃이라 하지만
사람의 인생도 그렇게 한 번
화려하게 피고 지는 것이지요

세상에 태어나 하고 싶은
일이 많지만 한 송이 꽃으로
세상을 아름답게 만들었다면
인생은 살만한 것이 아니겠는지요.

큰 나무

작은 나무는
하늘을 가리는 큰 나무가 싫었습니다
마음껏 다른 곳을 볼 수 없고
답답함에 벗어나고 싶었습니다
큰 나무가 태풍에 쓰러진 후
작은 나무는 푸른 하늘을 보게 되었습니다
이제 큰 나무가 되어
예전에 잘린 그루터기를 봅니다
주변에 자라는 작은 나무들을 봅니다
거센 비바람이 몰아칠 때면
작은 나무들이 쓰러지지 않도록 막아주고
주변에 풀이 자라지 못하도록
낙엽이 되어 떨어집니다
작은 나무는 아직도 모릅니다
큰 나무가 얼마나 작은 나무를 보호하는지
큰 나무가 얼마나 작은 나무를 사랑하는지.

2부. 자연 이야기

목련꽃이 떠난 자리

겨울 동안 간직했던
모든 꿈을 보여주며
하얀 청춘이 떨어진다

꽃이 필 때
파란 하늘 같은 내 소망이
떨어지는 꽃잎에 무너져 내린다

귀부인처럼 곱던 모습이
갈색 추억만 남기고 사라져 갈 때면

인생을 조금 안다던 중년 남자의 마음도
봄비에 촉촉이 젖는다

봄비에 꽃은 지고
봄바람에 꽃잎 날리는데

목련꽃이 떠난 자리
희망처럼 파란 싹이 자라
뜨거운 여름으로 간다.

우수에 내리는 비

비가 내리는 것이
얼마나 고마운 일인지
비가 내리지 않고
대기권을 넘어 사라진다면
봄은 오지 않고
꽃은 피지 않고
붉은 사막이 된 화성처럼
흙먼지 날리는
죽음의 땅이 될 것을

우수에는 따듯한
비가 내린다
계절은 이제 차가운
겨울로 가지 않는다
대동강 물이 녹기 시작하고
남쪽에서 매화 소식 들리니
하늘에 구름이 모여
비가 내린다
따듯한 비가 내린다.

2부. 자연 이야기

상실의 시대

언제나
내 것이라 믿던 것이
사라진 날

마음속을
쓸어버리는
거대한 쓰나미

얼마의
시간이 지나야만
잔잔한 바다가 될까

수면 위에 어지럽게
헝클어진 마음

하나씩 건져내
빨랫줄에 건다.

돌멩이의 역사

돌멩이 하나 굴러서 세상에 뚝 떨어진다
발길에 차여 이리저리 구른다
돌멩이로 시작된 고대 문명이
칼이 되기도 하고 창이 되기도 하고
성벽이 되기도 한다
수많은 야망이 성벽 앞에서 포기했고
성벽은 그 일을 자랑스럽게 여겼다
돌멩이는 정치도 하고
여인의 사랑을 받기도 한다
자기를 단련하고 정화한 돌멩이는
귀한 몸이 되어 낙타를 타고 배를 타고
세계를 떠돌기도 한다
이 땅에도 작은 돌멩이가 부서져
다 기록될 수 없는 슬픈 이야기들이 있으리니
몇 줄의 글로 어찌 돌멩이의
역사를 다 기록할 수 있으랴!

황산도의 노을

강화의 끝 황산도에 노을이 지고
멀리 보이는 초지대교의 불빛이
초지진을 지키던 병사들의 창끝처럼
검은 하늘에 반짝반짝 빛나네

고단했던 하루를 마친 해는 산을 넘고
외로운 갈매기 서쪽으로 날아가는데
외딴섬을 바라보는 소녀의 모습 뒤로
잊었던 어릴 적 꿈이 노을 되어 비추네

이제는 흰머리 하나둘 늘어가고
늘어가는 주름도 신경 쓰이지만
노을 보며 활짝 웃는 시인의 맑은 눈은
초저녁의 샛별처럼 반짝반짝 빛나네.

단풍

아름다운 삶이란
이런 것일까

푸르던 모든 것
내려놓고
각기 자기 색대로
산 위에도 공원에도
아름답게 꾸미고
떠나가는 일

바람에 나부끼는
낙엽에도
이별의 아쉬움 있을 테지만
때가 되면
버리고 떠나는 모습이
아름다워라.

2부. 자연 이야기

꽃 필 때

꽃은 올려다봐야 아름답다
푸른 하늘을 배경 삼아
곱게 피어나는 꽃은
숭배의 마음이 들게 한다

땅에 낮게 자라
하늘을 배경 삼아 볼 수 없다면
한쪽 무릎을 꿇고 보라
마주치는 꽃의 미소를 보면
사랑이 보인다

햇살에 비친 꽃은
신성한 사제의 모습을 닮았다
아침 이슬에 정결히 씻어
꽃잎을 여는 성스러운 의식

숨소리마저 멈추는 순간
화려하게 피어나는 너.

앵무새를 보내고

무관심이 어떤 것인 줄 몰랐습니다
아픔으로 울부짖을 때도
음식을 넘기지 못하고 토할 때도
그냥 잘 넘어가리라 믿었습니다

아픔이 어떤 것인 줄 몰랐습니다
날개를 자를 때 수건으로 덮어
날카로운 가위가 살을 자를 때도
그냥 잘 넘어가리라 믿었습니다

이별이 어떤 것인 줄 몰랐습니다
매일 있어야 하는 지저귐과
매일 바라보는 눈빛이 사라진 후에
그것이 이별인 줄 알았습니다

산다는 것이 어떤 것인 줄 몰랐습니다
모든 것이 영원히 내 곁에 머물 수 없고
나도 세상에 영원히 머물 수 없어
사는 동안 해야 할 일을 알게 되었습니다.

제목 : 앵무새를 보내고
시낭송 : 김지원
스마트폰으로 QR 코드를 스캔하면
시낭송을 감상할 수 있습니다

별이 빛나는 밤에는

반짝이는 보석이
아름다운 것은
장인의 숨결이
녹아있기 때문입니다
수천 년의
세월이 지나도 변치 않는
뜨거운 열정이
담겨있기 때문입니다

돌이 별똥별일 때
아름다운 것은
별빛을 품었기 때문입니다
수억 년의
우주의 신비를
간직한 채
지구를 찾아왔기 때문입니다

기다려보세요

별이 빛나는 밤에는

우주의 신비를 담은

밝은 유성이

별을 만나고 싶어 하는

당신 마음에

반짝이며 찾아오리라는 것을.

딸기

시장에는 한창 딸기가 나오는데
옥상의 딸기는 꽃도 피지 않습니다
시장에서 딸기가 사라질 때 즈음
옥상의 딸기는 꽃을 피웁니다
하얀 딸기꽃이 피는 걸 보면
왜 이리 늦게 피는지 답답합니다
잊어버리고 지낸 지 며칠이 지난 후
보이지 않게 딸기가 열렸습니다
울퉁불퉁 못생기고 크기도 작아서
상품 가치는 없는 모습입니다
그래도 풀숲 사이에 빨갛게 익어
고개 숙인 모습이 대견합니다
참새가 발견하지 못하도록 숨어서
예쁘게 익었으면 좋겠습니다.

산책길

오늘 아침 산책길에
돌부리가 인사한다

저번에 미안했습니다
옆으로 비켜선다

개울 지나는데
인사 소리 들린다

저번에 젖게 해서 죄송합니다
가운데 돌이 놓여져 있다

밭에서 수확을 마치자
흙이 인사한다

저번에 더럽혀서 죄송합니다
바짝 말라 있다

산책길 만나는 분들
참 예의 바르다.

2부. 자연 이야기

채송화를 기다리며

내 마음속에 피어서
너는 웃고 있었다
사막 같은 내 마음에
너는 별처럼 빛나고 있었다
너를 보내고 나는
삼백육십오 일을 기다렸다
딸기꽃이 피고 딸기 열리고
장미꽃이 피고 꽃잎 떨구고도
너는 아직 내 곁에 없구나
오월의 마지막 맑은 하늘에
별들이 빛나는 것처럼
내 마음에도 피어다오
화려한 아침을 여는
나의 사랑아.

지는 꽃이 아름다운 이유

바람이 불어
꽃잎 흔들면
그대를 향한 마음이
영글어가고

감미로운
사랑의 향기는
먼 그리움을
담았습니다

비가 내린 후
꽃잎에는
별빛을 닮은
이슬 맺히고

까맣게 타버린
나의 사랑은
별을 품고 지는
꽃이랍니다.

제목 : 지는 꽃이 아름다운 이유
시낭송 : 조한직
스마트폰으로 QR 코드를 스캔하면
시낭송을 감상할 수 있습니다

하얀 물결

강물이
흘러가지만
그냥 흘러가는 게 아니다

수많은 삶의
찌꺼기들을 껴안고

모든 것을 품어주는
어머니 품 같은

바다로
흘러가는 것이다

바람이 불면
저 강물 위에

새들처럼
일제히 비상하는

수만의
하얀 물결들

그렇게
아름다운 꿈도
보여주는 것이다.

채송화가 피기까지

구름 없고 바람 없는 뜨거운 햇살
옥상의 열기는 너를 지치게 하고
아라비아 사막처럼 마른 흙에도
작은 뿌리 내리고 이어가는 생명

한줄기 소나기가 그리워지는 오후
구름만 모여들다 흩어져 가고
타는 목마름에 지쳐버린 몸은
꽃잎을 세워 참아낸다

한낮의 열기가 지나고 밤이 오면
별빛 바라보며 눈물짓는다
소나기가 지나간 밤에는
힘겨운 생명의 끈을 이어간다

아침을 깨우는 벌들이 잉잉거리면
너는 아름다운 꽃이 되리라
세상 어느 꽃보다 화려한 모습으로
눈부신 아침에 활짝 피어나리라.

3부. 추억 이야기

지금은 비록 눈물지어도
언젠가는 그 눈물이 진주가 되리니
꿈꾸는 일을 해 보거라
이루어질 테니.

소년의 꿈

구름 없이 맑은 날
양양 고속도로는 한산하다
무지개 불빛 반짝이는 터널
태백산맥을 관통하니
굽이굽이 넘던 미시령 고갯길이
이제는 한산해지겠다
사랑하는 딸아이는 졸고 있고
낡은 자동차는 바다를 만났다
모래사장을 달리는 자동차와
멀리 보이는 빨간 등대
에메랄드빛 바다에서 밀려온
잔잔한 파도가 만든 은빛 물결
어린 시절 꿈꾸던 낭만적인 모습에
사랑스러운 소녀는 차 안에 있고
나 홀로 해변을 걸으니
열일곱 소년의 꿈이
갈매기가 되어 하늘을 난다.

아내를 기다리며

나이 오십이 한참 지나도
세상이 무엇인지 아직 모른다
결혼했지만 결혼을 모르고
아버지가 되어도 아버지를 모른다
내 나이 스물에는
세상 모든 것을 다 안다고 소리쳤다
지나서 생각하니 내가 아는 확실한 것은
내가 잘 모른다는 것뿐이다
매일 밥을 차려주던 아내가 일 나가고
빈 부엌에서 하루를 시작하면
지난 모든 시간이 감사인 것을
아무리 맛있는 반찬을 해 먹어도
아내가 해 주는 밥보다 맛없는 것을.

눈물 나는 날

어머님이 아프신 날
장대비가 내리는 길을
가지 못하고
돌아왔던 날

대성리역 벤치에 앉아
두 시간을 함께하고도
그냥 스치는 인연으로
흘려버린 날

아끼던 후배에게
컴퓨터를 주기로 약속하고
엉뚱한 이유를 대며
주지 못한 날

이건 아닌데
우물쭈물하면서
계좌이체를 마치고
후회하던 날

올릴까 말까 망설이다가
올린 댓글이
수많은 사람에게
시달리던 날.

그대 그리운 날

그대 그리운 날엔
비가 옵니다

좋아하다가 사랑하다가
그냥 남이 되어 버린
그대 생각하면 눈물이 납니다

높은 곳을 즐기는 남자와
낮은 곳을 좋아하는 여자는
헤어지게 됩니다

그대를 보낸 오늘은
눈이 옵니다

이해하지 못한 사랑은
그냥 녹아 사라집니다

그때 지금 아는 것을 알았더라면
사랑이 좀 더 아름다웠을 것을

떠나버린 사랑은
비가 되어 내립니다.

우연히 만난 사람

내가 만났던 사람이
시인이었으면 좋겠다

이름도 모르고
얼굴도 잊었지만

아름다운 추억을
남기고 간
잊지 못할 사람이여

그대가 지은 시를
우연히 보고서

그날의 설렘과
그날의 기쁨과
그날의 이별과
그날의 추억이

나인 걸 알았을 때
나도 그대에게 화답하리

그것이 진정
사랑이었노라고.

3부. 추억 이야기

바다가 그리울 때

마음이 시린 날은
바다로 가고 싶다

갈매기 끼룩끼룩 울고
파도가 밀려오면

옛 추억이 그려낸
바닷가 모래 위에 찍힌
네 개의 발자국

뱃고동 소리 울리고
항구를 떠난 배는
기약 없이 떠나는데

모래에 쓰인 사랑 이야기
파도에 지워지고

먼 수평선 너머
붉은 노을이 지면

외로운 중년의 사내를 닮은
하얀 담배 연기

허공에
흩어지고 있다.

3부. 추억 이야기

돌아가지 않으리

나 이제 미숙했던 그 시절로
다시는 돌아가지 않으리
땅따먹기 선을 그리며
친구의 돌이 선을 넘었다고
다투지 않으리
꽃무늬 유리구슬을 가진 친구
딱지를 한 상자 가진 친구도
부러워하지 않으리
숨바꼭질 놀이를 하며
'못 찾겠다 꾀꼬리' 노래도
부르지 않으리
도랑물에 만들어 놓은 폭포가 더 멋있다고
다투지도 않으리
갈래머리 아이의 머리를 잡고 흔들며
놀려대지도 않으리
지나 보면 미숙했던 그 시절로
다시는 돌아가지 않으리.

사진 찍기

한편의
인생을 찍기 위해
발끝으로 서는 삶이 아프다

주인이
되지 못하고
주변인이 되는 일

앞줄에 선
사람들은
뒤에 선 사람들을 기억할까

내가
주인 되지 못하고
들러리가 되는 삶은 아프다.

이야기 그물

사람들에게 이야기 그물을 던지며
내가 건지려던 것이 무엇인가
수없이 많은 이야기가 짜는 그물 속에는
작은 피라미 몇 마리와 큰 물고기 한 마리
허술하게 짜진 그물 사이로
달아난 고기는 또 몇 마리
그물 속에서 그녀의 웃음소리도 빠지고
실없는 남자의 농담도 빠져나왔다
어두운 등불 아래 부르는 노래
나름대로 진심을 담은 충고 한마디도
그물을 빠져 달아났다
기다렸던 시간이 빠져나간
이야기의 그물 위에는
아름다운 시어 몇 마디와 좋은 추억 하나
건져져 퍼덕이고 있다.

첫사랑은 그렇게 떠나갔다

너는 사랑이 아니라 했다
나도 사랑이 아닌 줄 알았다

너는 결혼하지 않을 것이라 했다
나도 그녀가 결혼하지 않을 것이라 믿었다

너는 나를 떠난다고 하였다
나도 그녀를 떠나보낸다 생각했다

너는 먼 나라로 간다고 하였다
나도 담담히 잘 가라 했다

그렇게 첫사랑은 떠났다
다시는 돌아오지 못하고.

3부. 추억 이야기

그날의 불빛

매미 소리 시끄럽게 우는 날
켜켜이 쌓인 시름 안고
나 태어난 땅 밟고 서니
멀리 보이는 고갯길

달빛이 내리는 고갯길을
어머니와 손잡고 걷던 밤
별빛이 무리 지어 반짝일 때
내 손을 꼭 쥐고
바삐 걸으시던 어머니

멀리 외할머니 집 불빛을 보고서
활짝 웃으시던 어머니를 보고
아이도 함께 배시시 웃었다

외할머니도 어머니도 안 계신 집에
고개를 넘어 찾아갈 때면
몹시 그리워지는
그날의 불빛.

물안개 피는 강가

새벽 고향길 나설 때
강 위엔 하얀 물안개
오래전 빛바랜 기억처럼
강 너머 보이는 풍경들

통통배 기억 속에 떠가고
낚시에 걸린 물고기
파들파들 흔들리던
짜릿한 손맛을 함께 하던
친구는 어디 있는가

물안개 피는 새벽 강가는
추억의 친구가 함께하는 곳
햇살에 사라지는 안개처럼
아득해진 어린 날의 추억들.

그리운 어머니

강 너머 산에는
보름달이 뜨고
달빛 비추는 강물
고요히 흐르네

잠 못 이루는 밤
뒤뜰을 거닐다 보니
낡은 자전거
빨갛게 녹슬어 있네

달빛 가린 구름 사이로
별이 빛날 때
어린 나는 어머니와 손잡고
고개를 넘었지

오늘 밤에도
달빛 가린 구름 사이로
별이 빛나건만
내 마음만 홀로 고개를 넘는다.

보고 싶은 마음

보고 싶은 마음이
그리움 되어

고사리 같던 때를
떠올려 본다

더벅머리 동무들이
멋쟁이 되고

꽃을 닮은 아이들은
파란 하늘 된다

구름이 떠가며
머무는 곳에는

그날의 재잘거림이
들리건만

들판에 꽃이 지기를
몇 번인가

하얀 잡초가
무성한 세월이여!

3부. 추억 이야기

가끔 생각나는 사랑

가끔 생각나는 사랑은
어릴 적 눈을 감고 마시던 한약처럼
쓰디쓴 여운으로 남아
허기진 뱃속에 들어간 내시경처럼
지난 추억을 콕콕 찌른다

자연은 넘치도록 많은 가능성을 주지만
모든 꽃이 씨앗이 되는 것은 아니리

쓰러진 코스모스가 부르는
못다 핀 꽃의 안타까운 노래
가을비에 젖는 꽃잎에
흐르는 빗물이 끝이 없다.

어떤 사람이었을까

인생이 허무하다 느껴질 때
만나던 사람들을 떠나서
나만의 시간 속에 지내다가
맨 처음 떠오른 사람이 누구였을까

매미 소리 시끄러운 한낮
뜨거운 햇볕에 더워진 날
시원한 한 줄기 바람처럼
떠오른 사람은 누구였을까

한때는 사랑하다가
그냥 마음 한구석에 처박아 두고
가끔 외로워질 때면 꺼내서 보는
그런 사람은 누구였을까

내가 마음대로 사랑하다가
마음대로 잊어버리는
그런 사람들에게
나는 과연 어떤 사람이었을까?

소나기와 소녀

소년과 소녀의 사랑이
소나기를 맞으며 시작되고
마타리꽃 향기 맡으며
사랑의 향기 더욱 진해지네

소년의 마음에 그리움이 꽃피고
소녀의 무덤 주위에 도라지꽃 필 때
소나기가 후두두 쏟아지는 날이면
소년의 그리움은 비에 젖어 흐르네

사랑의 느낌을 간직한 소녀는
지금 어디에 있을까
소녀의 체온은 등 뒤에
아직 따뜻하게 남아있건만.

아버지, 건강하세요

고향 가는 길 아침에 나선다.
"아버지, 출발하려는데 필요한 것 없으세요?"
언제나 같은 대답이 돌아오는 걸 안다
"필요 없다. 그냥 오너라."
저번에 갈 때 커피가 없던 것 같고
장화가 오래돼서 구멍이 났던 것 같고
시골이니 고기도 필요할 것 같고
급할 때 드실 라면도 사야겠네
예전에 두 시간 정도 걸리던 시간이
고속도로 개통으로 짧아진 지금
한 시간을 달려 도착한 고향 집
산불 감시원인 아버지는 일을 가셨다
오늘이 산불 감시원 마지막 날
점심 드시러 오시는 아버지가
언제 이리 늙으셨는지
애들 크는 것만 보이고
아버지 나이 드시는 건 몰랐구나
아이를 키워봐야 부모를 알게 되는 것
아버님 호통이 그리워지는 눈부신 오월이다.

그리움이 머물던 자리

그리움이 머물던 자리
재잘거리던 아이들 소리
꽉 들어찬 교실에서
아무리 선생님이 능력 있어도
칠십 명이나 되는 아이들의 재잘거림을
멈추게 할 수 없었지
각자 흩어져 간 사회 속에서
치열한 생존 경쟁의 삶 속에서
반백의 머리 되어
어렸을 때의 자리를 찾아보지만
채우지 못하는 퍼즐
빈자리의 여백은
지난 세월이 채우고 있네.

녹슨 동전

지하실 바닥
봉지에 싸여 잊힌 동전

빛나던 날은 가고
얼룩진 푸른 녹

망가진 장난감처럼 잊힌
십 원 오십 원 그리고 백 원

아이들에게 시시해진
동전 속에 얼룩진
부모님 눈물.

별 볼 일 없는 아빠

밖에서는 별 볼 일 없는 아빠가
집에서는 쓸모가 많다
딸아이는 말타기에
시간 가는 줄 모르고
고우 스트레이트 턴 레프트 턴 라이트
아빠 몸과 맘이
녹초 되는 줄 모르고
말을 타며 영어 공부한다고 한다
예전에 노인네들
애 보기가 일하기보다 힘들다 했다
날씨가 쌀쌀해져 일찍 집에 오지만
집에서 쉬는 게 일하기보다 힘들다
아빠가 힘든 걸 아이는 알까
자기 공부 힘든 걸 화풀이하는 건지
어릴 적 안 놀아 준 걸 분풀이하는 건지.

아버지 뒷모습

엄숙히 제사를 치르며
마지막 어머님께 올린 술잔
떠나신 지 십수 년 동안
홀로 지켜보시며 지나온 세월

도란도란 얘기하던 친척들이
하나둘 집으로 되돌아가고
가는 길에 하나씩 보따리 싸서
잘 가라 쥐여 주시는 따뜻한 정

마지막 떠나는 나를 향해
손 흔들며 뒤돌아선 아버지 뒷모습에
나도 몰래 눈가에 눈물 맺힌다
아버지가 된 나의 모습이 떠올라.

3부. 추억 이야기

통일전망대에서

한강의 끝 망원경 좁은 구멍
북쪽에도 사람의 숨결은 느껴지는데
기러기 날아가는 하늘에도
보이지 않는 철책선 있다

수많은 이산가족을 나누고도
유유히 흐르는 무정한 임진강
오백 원 넣고 시간 지난 망원경처럼
깜깜한 분단의 세월이 간다

마음껏 만날 수 있는 날은 언제인가
제적봉 위에서 바라보는 북녘은
여느 시골과 다름없이 정답건만
칠십 년 긴 세월 금단의 땅이 되네

'그리운 금강산'이
언제 잊힌 노래가 될까
오늘도 이산의 아픔은 휴전선 너머
온정각 만남의 장소로 이어지는데.

젊은 날의 미소

너를 생각하면서 걷는 길
발길에 밟히는 낙엽의 소리
바람처럼 흘러간 세월 속에
구름처럼 흘러간 기억들

너의 미소 떠올라 멈춰 서서
하늘을 보면 밝은 둥근 달
너를 보낸 아쉬운 기억들이
보석처럼 빛나는 별이 되고

너의 모습 보고 싶어 돌아보면
안개에 싸인 산 굽잇길
슬픔이 돌아간 곳에 어리는
아름다운 젊은 날의 미소.

흐린 하늘

먼 하늘 너머
해가 구름에 가려
깨끗한 도화지처럼
하얗게 펴면

그리운 소식은
들리지 않고
바람에 꽃잎
하나씩 날리네

마음으로 바라보는
흐린 하늘은
아름다운 추억들이
그려지고

바람 불어
외로운 사랑은
흔들리며 피는
꽃이 됩니다.

연어

알을 낳을 때가 되면
태어난 고향을 찾는다

고향의 물에서는 태어난 곳을
알리는 향수가 있다

등대가 없어도 별빛이 없어도
예전의 그 향기만으로도

태평양을 한 바퀴 돌고
돌아오는 고향의 향수

그곳에서 또 다른 생명은
긴 여행을 준비할 것이다.

딸에게 쓰는 편지

맑은 눈을 보면서 어릴 적 꿈을 찾는다
내가 보았던 세상도 그러했을 것이다
너도 많은 시간을
꿈을 꾸며 지내겠지
한때는 폭풍우 치는 날이
음습한 안개 낀 날이
인생길을 가로막아도
푸른 하늘이 그 너머에 있다는 것을
항상 믿으며 살기 바란다
지금은 비록 눈물지어도
언젠가는 그 눈물이 진주가 되리니
꿈꾸는 일을 해 보거라
이루어질 테니.

4부. 인생 이야기

밀려갔다 밀려오는
거친 파도에
짐을 실은 배들은 멀리 떠 있고
자갈마당 돌들은 몸을 씻는다

영겁 세월을 간직한 바다
몽돌 하나도 인간보다 먼저였으니
자연 앞에 작아지는 마음
몽돌 하나 두 손에 꼭 쥐어보네.

가을 애상

개 짖는 소리 들려
임이 오는 줄 알았네

반가운 손님이면 좋으련만
대개는 낯선 사람들

시월 지나고 찬바람 속에
더욱 생각나는 건

낙엽 따라
가버린 사랑

한때는 푸른 나뭇잎이
하늘을 덮었건만

발아래 쌓인 낙엽 위엔
하얀 무서리만 내리고

나뭇가지 사이로 달빛 지날 때
슬픈 가을은 소리 없이 간다.

나를 사랑하세요

지금의 나를 사랑하세요
인생에 정답은 없습니다

수십 번 이랬더라면 저랬더라면
이렇게 좋을 걸 저렇게 좋을 걸 하지만
더 나빠지지 않고 살 수 있는 것도
지금의 당신이 할 나름입니다

구름 위를 지나가 봐도
장미꽃을 헤집어 봐도
당신이 찾는 삶은 볼 수 없습니다

당신이 걸어가는 길
어느 사람의 길이 아닌
오직 당신의 길입니다

지금 당신이 가는 길이
오롯이 당신의 인생입니다.

4부. 인생 이야기

할 말이 많지만

할 말이 많지만 참으며 삽니다
마음속에 있는 말 다 털어 낸다면
누구는 좋아하고 누구는 싫어하겠지요

하고 싶은 말이 많지만
참아야 할 때가 있습니다
침묵이 금이 되는 것은
말을 지켜 자신이 나누어지는 것을
막는 것이지요

그러나 우리 마음에
옳은 것은 있습니다
살아온 환경과 배운 지식과 누구와 만나느냐에 따라
우리 가치관은 변화됩니다

삶의 수레바퀴는 두 개로 갑니다.
내가 옳다고 하는 것이 반드시 옳은 것은 아니며
당신이 옳다고 하는 것이 반드시 옳은 것은 아닙니다

언제나 옳은 것은

아침에 해가 뜨는 일

냇물이 바다로 흐르는 일

우리 마음에 예쁜 꽃을 피우는 일.

내일의 나

나의 경쟁자는
어제의 나

오늘 무엇을 바꿨고
오늘 무엇을 버렸는가

냇물이 바다를 향해 가면서
더 넓은 마음으로
더 넓은 세상을 보듯

찌꺼기는 버리고
깨끗한 마음만
푸른 바다를 향해 가기를

내일의 나는
나를 보며 웃네.

행복하려면 (조카에게 쓰는 편지)

네가 실패하지 않는 가장 좋은 방법은
무의식이 시키는 일을 하는 것이다

죄책감을 가지는 일은 하지 마라
너는 몰라도 너의 무의식은 괴로워할 것이다

진실만이 너를 자유롭게 하리니
무의식적인 행동이 올바르게 될 때까지
너의 생각과 욕망을 지배하라

지는 꽃이 부는 바람을 탓하지 않고
꽃을 보내야 열매를 맺듯이
열매가 자라나 꽃이 피듯이

그렇게 자연스럽게 인생을 살아라.

시인으로 산다는 것

알 수 없는 언어를 장난감처럼
이렇게 저렇게 만들어 보다가
잘 안되면 던져버리고
잘 쓴 것 같다고 자아도취 되기도 하고

먼 옛날 일을 끄집어내어서
아름답게 꾸며보기도 하고
오지 않은 미래도 데리고 와서
멋지게 꾸며보기도 한다

날카로운 비수 같은 말에
심장이 찔리기도 하고
초콜릿 같은 달콤한 언어에
행복해하기도 하다가
별빛을 볼 때는 눈물도 나고
낙엽이 질 때는 한숨짓는다

이 모든 일은
시가 나를 사랑하기 때문이다.

까르페 디엠

끝없이 높을 것 같은
하늘도 끝이 있고
한없이 깊을 것 같은
바다도 끝이 있다

마냥 길 것 같은
우리의 인생도
바람에 날리는
꽃잎처럼 질 것이다

바람이
어디서 오는지 모르듯이
우리의 인생도
어디서 나서 어디로 가는지 모른다

단지 오늘이 주어진 것을
알고 즐기며
살아있다는 것에
감사할 뿐.

인연의 강

억지로 만든 인연이
얼마나 오래가겠는가
인연이 아니라 생각하면
이제 그 사람을 잊어라
인연이 아니라고 잊어도
정말 인연이라면
다시 우리에게 올 것이다

인연이 아니라고
함부로 버리지 말라
우리가 하늘의 뜻을
알 수는 없으니
인연이 아닌 만남이라면
그 스스로 물러날 것이다

가는 것도 오는 것도
인연은 물처럼 흘러야 한다.

소중한 인연들

어제 오래된 고객이 떨어졌다
길을 지나다 만난 우리는
같은 버스를 타고 가다가
헤어져 내리는 승객처럼
그냥 각자의 길을 간다
평생을 이어갈 인연도 있지만
여행길에 묵어가는 여관처럼
잠시 머물다가 가는 인연도 있다

어느 것인들
소중하지 않은 것이 있으랴

내 인생을 스쳐 간 많은 인연이
군데군데 남겨놓은 삶의 흔적들
그래서 더욱 아름다운 인생 그림
주인공이 되든지 배경이 되든지
여백으로 남든지
모두 소중한 인연들.

공감의 기술

마음을 열자
보이지 않던 것이 보인다

귀를 열자
들리지 않던 것이 들린다

편견의 눈을 들어
상대를 보지 말고

조금 고개를 돌려
상대의 목소리를 들어보자

고개도 조금 끄덕이면서
"그렇구나!"

마음을 움직이는데
귀는 눈보다 강하다.

자유의 날개

인간에게 주어진 가혹한 형벌은
좁은 공간에 가두는 것

자유로운 것은
마음에 날개를 다는 일

독수리는 하늘을 날기까지
얼마나 힘든 날갯짓을 했을까

절벽에 몸을 던져
날지 않으면 죽어야 하는 것

모든 살아있는 것이
궁극의 행복을 위해

날아야 하는 자유에는
날개가 있다.

4부. 인생 이야기

우는 남자

구르는 낙엽을 보며
깔깔 웃는 소녀가 있는 것처럼
앙상한 나뭇가지 보며
눈물짓는 남자도 있는 것

현실의 고단함에
삶의 허무를 느낄 때
못다 이룬 꿈이
나를 비웃는 날

아버지를 부르며
참회의 눈물을 흘리자

사내대장부도
때가 되면 아저씨인 것을

슬프면 마음껏 울자
남자인 척하지 말고.

만두

내 인생이
맛있는 만두를 만든다

심심한 삶에
소금을 치고

즐거운 일들로
속을 넣는다

연약한 마음은
찰지게 반죽하고

사랑을 넣어
부풀게 한다

뜨거운 찜통에서
모든 것을 용서하고

내 인생은
맛있는 만두가 된다.

4부. 인생 이야기

시를 쓰다

한잔의
술을 마시고도
시를 쓰고

한 모금
물을 마시고도
시를 씁니다

한잔의
커피를 앞에 두고
시를 쓰고

별 하나를
바라보며
시를 씁니다

당신이
계시면 시를 씁니다

시가
당신이 됩니다.

동짓날 새벽

만약에 밤이 계속 길어져
어둠이 하루를 채운다면
우리의 삶은 어떻게 될까

만약의 너와의 다툼이 길어져
영원히 증오로 가득 찬다면
우리의 사랑은 어떻게 될까

만약에 우리의 분단이 계속되어
갈라진 시간이 이어진다면
우리의 통일은 어떻게 될까

동짓날 새벽에
나는 희망의 햇살을 본다.

4부. 인생 이야기

바람이었다

예쁜 꽃을 흔드는 것은
언제나 바람이었다
커다란 나무를 흔드는 것도
언제나 바람이었다

가슴속 열정을 불러내
태양을 향해 가라는 것도
언제나 바람이었다
쌓인 슬픔이 터질 때
먼 별빛을 보며 가라는 것도
언제나 바람이었다

편안히 살고 싶은 나에게
이상향을 찾아 떠나라고
등을 떠미는 바람은
내 마음에 불어와 떠나라 한다
머물지 말고 떠나라 한다
어디로 가냐 물어도 그냥 떠나라 한다

어디론가 떠나게 하는 것은
언제나 바람이었다.

아무것도 아니더라

살아보니 인생이 아무것도 아니더라
봄이면 꽃 피고 가을이면 열매 맺고
바람 불면 떨어지는 낙엽처럼
그렇게 사는 것이 인생이더라

톡 누르면 죽는 작은 개미는
살려고 이리저리 부지런히 움직이고
숙면을 방해하는 모기는
죽음을 무릅쓰는 모험을 하고

사랑도 지나 보니 아무것도 아니더라
없으면 못살 것 같던 마음도
종이배처럼 떠가니 이별은 쉬운 것이더라
잊는 것은 조금 어려운 일이더라.

웃어야 하는 이유

그대 지금 아픈가요
아픔을 느끼는 건
살아있다는 증거입니다

그대 지금 슬픈가요
슬픔을 아는 것은
기쁜 적이 있다는 것입니다

바람이 불면
춤추게 되고
비가 그치면
무지개가 뜹니다

그대 지금 웃어보세요
행복해서 웃는 게 아니고
웃기 때문에 행복해질 것입니다.

기다림의 시간

믿음이 부족한 것은
기다림의 시간이 없기 때문입니다

휴대전화가 없던 시절
우리는 기다림을 배웠습니다

올 것이라는 믿음을 가지고
기다리다 보면
늦게라도 만나게 되는 것입니다

나는 기다림의
시간을 압니다

기차를 놓친 후
다음 열차를 기다리는 동안
하염없이 기다리는 중에도

나를 기다려줄 사람이 있었기에
나는 열차를 기다릴 수 있는 것입니다.

4부. 인생 이야기

버리고 산다는 것

나 얼마나 많은 것을
가지고 싶어 했던가

가지지 못하면 떼쓰고
울기도 많이 했지

가져 보니 지나 보면
거기서 거기더라

더 좋은 물건 가져도
내가 변하는 게 아닌데

아무리 좋은 것이라도
시간이 지나면 버려지는데

무엇 때문에 그렇게
가지려 살아왔던가

글 한 줄 써도
이렇게 행복할 수 있고

라면 한 그릇에도
이렇게 행복할 수 있는데.

4부. 인생 이야기

좋은 사람으로

삶은 순서를 따르지만
죽음은 순서를 거스른다

생명의 잉태와 더불어
삶을 마감하기도 하고

호호백발 노인으로
일생을 마치기도 하지

세상에 태어나 온전히
사는 것도 복 받은 일

부귀영화를 누리고
산다면 더욱 좋겠지

나 태어나 세상 살면서
두려움 많으나

나쁜 사람으로 기억되며
세상 떠나기 두려워

훌륭한 이름 세상에
떨치지 못해도

내 이름 석 자 좋은 사람으로
기억되기를.

지나간 바람

바람,
바로 너였구나

가을걷이가 끝난 들판
파랗던 들판을 누렇게
만든 것이
바로 너였구나

작은 참나무의 잎들이
오돌오돌 떨며
부서지며 내는 슬픈 노래를
들려주는 것이
바로 너였구나

억새 우거진 들판에
보금자리를 차린
물새들을 찾아온
사냥꾼을 부른 것도
바로 너였구나

항상 푸르던

구름을 흩어버리고

머리칼에 은빛 심으며

내 가슴에 텅 빈

구멍을 낸 것도

바람,

바로 너였구나.

4부. 인생 이야기

분필

자기의 몸 부서뜨려
이루고자 한 것 있다

깜깜한 어둠을 사르며
이 땅의 여명을 위해

쓰고 지워지고 또 쓰며
하얀 먼지가 되어

잠자는 세상 깨우고
하얀 세상 만들고자

어렵고 힘든 시절
자기의 몸 깨뜨려

풍요의 길을 열어준
산산이 부서진 하얀 분필.

태종대에서

하늘 끝 바다 닿는 곳
어둠 내리고
침침해진 구름 뒤로
슬픈 미소 붉게 걸렸다

날마다 바다를 보다가
지겨워진 등대가
여행객들과 어울려 놀 때
멀리 돌섬은 말없이 미소 짓네

밀려갔다 밀려오는
거친 파도에
짐을 실은 배들은 멀리 떠 있고
자갈마당 돌들은 몸을 씻는다

영겁 세월을 간직한 바다
몽돌 하나도 인간보다 먼저였으니
자연 앞에 작아지는 마음
몽돌 하나 두 손에 꼭 쥐어보네.

5부. 짧은 시 모음

벽 틈에 뿌리내린 꽃을 보면
사랑의 마음 얹어 주세요
가장 작은 이에 주신 사랑이
사랑의 하늘에서는
가장 빛나는 별이 됩니다.

햇살 한 줌

뒹굴뒹굴하며 찾은
디오니게스의
햇살 한 줌

눈을 감으면
작은 방조차
광활한 우주가 된다.

5부. 짧은 시 모음

때늦게

봄비가
내리다가 그치고

꽃이
피었다가 지는데

늦게
집을 나서는 그대여

무엇인가
잊은 것은 없는가?

산이 높은 것은

산이 높은 것은
하늘의 뜻을 알기 위함이요

바다가 넓은 것은
인간의 죄악이 많기 때문이다

산 위에서
냇물이 바다로 흘러감은

하늘의 뜻을
모든 인간이 알게 함이라

눈을 들어
하늘을 보라
파란 하늘을 보라.

5부. 짧은 시 모음

작은 달팽이

작은 달팽이
욕망을 이고

삶의 흔적을
남기며 간다

그 발자취를
누가 지우나

바람과 햇볕
그리고 어둠.

패랭이꽃

얇은
꽃잎이
바람에 춤춘다

흔들리는
꽃잎이

입맞춤을
기다리는

눈 감은
너의 속눈썹을
닮았다.

닫힌 꽃잎

어제
활짝 핀 꽃이
오늘은 꽃잎을 닫고 있네

아무 일도 없었는데
오늘은
날 쳐다보지 않네

무슨 일이 있어야
꽃잎을 닫는 것은
아닐 것이야

그냥 어제의
부끄러운 모습을
감추고 싶은 것일 뿐이야.

커피 타임

보고 싶은
사람이 있어
문자를 보냅니다

"커피
한잔하러 오세요
보고 싶어요"

만나면
하는 이야기는
별로 없습니다

그래도
사람이 그리워집니다
커피 향이 그리워집니다.

깨달음

흐린 하늘에
먹구름이 모이고

비가 내리고
번개가 친다

가슴에 품은
온갖 번뇌가

요동치며
홍수를 이루네

비가 그쳐야
무지개가 뜰 텐데

벼락이 쳐서
내가 깨져야 할 텐데.

작은 사랑

돌 틈에 피어있는 꽃 한 송이
보신 적이 있으신가요
떠가는 구름이 벗이 되고
지나는 바람이 살펴줍니다
한 줌의 흙만 더 얹어도
그렇게 힘겹지 않을 텐데
벽 틈에 뿌리내린 꽃을 보면
사랑의 마음 얹어 주세요
가장 작은 이에 주신 사랑이
사랑의 하늘에서는
가장 빛나는 별이 됩니다.

묻지 마세요

산이 내게 묻습니다
머물 거냐고

강이 내게 묻습니다
떠날 거냐고

머물든지 떠나든지
하늘이 정한 일

나는 오직 사랑으로
살아갈 뿐입니다.

시(詩)의 완성

돌을 갈아
칼을 만들고

언어를 갈아
시를 쓴다

뾰족해진 말이
하늘을 뚫는 날

마음대로 읊조려도
시가 되리라.

인생은 산책이다

장용순 시집

2022년 7월 15일 초판 1쇄
2022년 7월 20일 발행
지 은 이 : 장용순
펴 낸 이 : 김락호
디자인 편집 : 이은희
기 획 : 시사랑음악사랑
연 락 처 : 1899-1341
홈페이지 주소 : www.poemmusic.net
E-Mail : poemarts@hanmail.net

정가 : 10,000원
ISBN : 979-11-6284-379-6

저작권자와 맺은 특약에 따라 검인은 생략합니다.
잘못된 책은 교환해 드립니다.